CITA CON SU EX

Carlos del Valle

FSC
www.fsc.org
MIXTO
Papel procedente de fuentes responsables
Paper from responsible sources
FSC® C105338

Agradecimientos:

A Marta Torres por la ilustración de portada.
A Gonzalo Pita por el diseño de escenario. Porque sin su primera lectura, esta obra no sería lo que es.
A la vida por todo lo que da y por algunas de las cosas que quita.
A quien viaja al lado sin billete.

Dedicada a todos los viajeros que ya habían leído esta obra antes de estar escrita.

Dedicada a las personas que se quedaron en el camino, a las que se van a quedar y a las que han sabido y a las que sabrán saltar del tren a tiempo.

Y a Iria, como todo lo que hago.

Editorial: BoD · Books on Demand GmbH,
In de Tarpen 42, 22848 Norderstedt (Alemania)
Impresión: Libri Plureos GmbH, Friedensallee 273, 22763 Hamburg (Alemania)

ISBN: 978-84-1373-140-7

(VOZ EN OFF) Hoy he quedado, después de mucho tiempo, con mi ex. Mientras duró mi relación con ella, me fui deteriorando poco a poco, no sólo físicamente. Transformándome en otro hasta dejar de ser yo. Ni mis valores, ni mis intereses, ni mis afectos y aficiones eran en su compañía, las que fueron.

(En el escenario que se ilumina ahora vemos un vagón – cafetería de tren, con una barra y dos filas de mesas con asientos dobles corridos a ambos lados de cada una. Dos mesas en la fila de la barra, las tres ventanillas al fondo y tres mesas con iguales asientos dobles en la fila del frente del escenario.)

(Nuestro protagonista, Carlos, accede al vagón por el extremo derecho y señala con una mano la mesa situada en el centro en la fila del frente del escenario, la de la izquierda según el sentido de la marcha. Hacia el lado izquierdo del escenario avanzará el tren en su recorrido según lo que nos mostrarán las imágenes que veremos pasar a través de las ventanillas cuando arranque. La barra queda en la otra fila, la del fondo, en el extremo izquierdo, tras ella está Juan, el camarero. En el otro extremo, en la fila de la barra y las ventanillas, está sentado otro hombre, Andrés, de parecida edad a la de Carlos que, cuando éste comienza a andar hacia la barra, se

levanta sacando una cajetilla de tabaco de la chaqueta y pasa junto a él saliendo del vagón para fumar en algún sitio.)

(Carlos está vestido informal, pantalón vaquero y camisa verde, sin que nada denote que hubiera dedicado tiempo a una preparación especial de su aspecto para esta cita.)

- Aquí, en este lado –se dice a sí mismo al detenerse junto a la mesa del centro, y se sienta en el asiento derecho de la mesa, mirando a la barra. -Sí, me gusta aquí.

(En la mesa contigua de la izquierda está sentada una mujer vestida con traje de chaqueta y pantalón oscuros como el licor de café y la camisa color cerveza. Melena larga cobriza, un color entre el güisqui y el coñac, perfectamente maquillada, elegante y atractiva. Ella si está aliñada, como siempre, para la ocasión. No está consumiendo nada.)

(Se miran, sonríen. El camarero viene desde la barra y se detiene junto a él.)

- ¿Qué desea el señor?

- Un café cortado con la leche fría por favor.

- Enseguida

- Muchas gracias.

- ¿No habías quedado conmigo? – Le dice ella desde su mesa tras unos pocos segundos mirándose.

- Sí.

- Aquí te estoy esperando.

- Y yo aquí, me gusta más este sitio. - Ella esboza una sonrisa irónica y se levanta, camina hacia la otra mesa y se sienta frente a él de espaldas a la barra.

- Así está bien – mira fijamente a su compañera de mesa durante unos segundos, sin gestos, sin decir nada.

- ¿También para ti está bien?

- Sí, perfecto.

- ¿Le sirvo algo? - pregunta a la mujer el camarero que ha traído el café de Carlos en una bandeja tras servírselo.

- No, nada gracias.

- ¿Está todo bien así, señor?

- Creo que de momento sí, gracias.

(El camarero se retira a la barra.)

- Perdona que te mire así, en silencio. Es de mala educación, aunque entre nosotros no tienen mucho sentido los formalismos. Lo que sucede es que, al sentarme y mirarte, me ha parecido ver en ti un gesto triste y, si no ha sido una imaginación mía, sería la primera vez desde que te conozco que te veo así; ni siquiera en el momento de dejar definitivamente nuestra relación. La verdad es que desde entonces no habíamos estado a solas, tranquilamente, para que pudiera hablarte. Y eso que te has empeñado infinidad de veces en quedar de nuevo conmigo. Después de estos quince años de ausencia en los que apenas te he dedicado más que bruscas y ásperas negativas a tus infinitos intentos de reencuentro, ya me siento lo suficientemente liberado de ti para hablarte a la cara, sin prisas y vaciar la poca basura que aun queda de toda la que dejaste en mi vida y en mi alma.

(El tren emprende la marcha y por las ventanillas vemos deslizarse el paisaje de la estación y enseguida, el del campo.)

- Aquellos primeros días, tras la ruptura, cuando te veía, tan sólo te miraba y callaba. Pero sé que los gestos eran elocuentes y viste claro que había cavado una zanja muy profunda entre nosotros; sorprendentemente, de la noche a la mañana.

Han llovido quince años ya, y eres consciente de lo que significa el paso de este tiempo, sin compartir absolutamente nada. Y yo soy consciente de tu profundo malestar, porque te conozco muy bien y tu orgullo de todopoderosa ha de estar muy herido. ¡Ya lo creo!

No controlas nada de mi vida, no decido absolutamente nada guiado por tu consejo, hago casi siempre lo que creo que debo hacer y aunque escucho a mucha gente, decido yo. Tu consejo no está ya entre los que llegan a mis oídos y después más adentro; has perdido un gran miembro de tu harén. ¡Qué mal lo llevas! ¿Verdad?

(Sin dejar de mirarlo, se atusa la melena, la recoge por encima de un hombro y le lanza una mueca que esboza un beso al aire.)

- Según te he mirado, al llegar, me he sentido muy bien, ¿sabes? Me he sentido muy bien porque nada de ti me ha resultado tentador. Pero no sufras, ha sido sólo un momento. No es indiferencia. De hecho, no te olvidaré nunca. Ha sido un instante tan solo y se ha debido a que sabía que venía a verte, porque he sido yo quien te ha citado esta vez. Antes, siempre fue al revés: tú sabes aparecer cuando quieres sin llamar y entonces, claro que no me quedaba indiferente.

(Ella extiende un brazo sobre la mesa acercando su mano al centro junto a la taza de café. Carlos se echa hacia atrás. Ella mantiene un instante más el brazo estirado.)

- Has sido mi compañera diaria en todo momento durante muchos años. A lo largo de todo ese tiempo he estado a tu merced, acudiendo puntual a tus constantes llamadas, día tras día, haciéndote feliz por mi fidelidad.

- Haciéndote feliz yo a ti, cariño. Mimándote, quitándote el miedo, dándote la paz con la que dormías de un tirón todas las noches sin aquellas preocupaciones que te desvelaban de continuo antes de conocerme. No me seas tontorrón.

- Sí, has estado mucho tiempo haciéndome muy feliz, día a día, mediante tu consuelo, tu infinita compañía tranquilizadora; mediante tus masajes de cabeza, tus técnicas de relajación, y tu habilidad para hacerme creer tu gran mentira: a tu lado los problemas desaparecen. Has estado mucho tiempo haciéndome creer muy feliz que eso es muy distinto a serlo, es más, es el mejor atuendo de la infelicidad, de la profunda tristeza dispuesta a anegar la vida. Porque tu dejas que la ruina de tus amantes les anegue el alma sin darse cuenta, cubriendo su día a día de tu falsa tranquilidad, de tu infame sonrisa, de tus egoístas caricias que al final son solo para ti.

Debes tener una gran colección de vendas. De muchos colores, de muy variadas texturas. Y una destreza inusitada para anudarlas en la cabeza de cada uno de tus infinitos amantes, sin que se note la presión. Consigues que no las notemos hasta que te vas. Justo cuando tu ausencia empieza a revolvernos el estómago, apareces presta a mitigar la desazón brindándonos de nuevo el bálsamo de tu compañía.

- ¡Mis amantes, mis innumerables amantes! ¿Me vas a venir ahora con celos? A estas alturas de lo nuestro. ¡Ja!

- ¡Ja! ¡Cualquiera que me oiga decir esto...! Reconozco abiertamente tu poligamia, tu desmesurado adulterio, tu infidelidad continua hacia mí y hacia todos los demás, claro... y ni me inmuto. Sabes que me daba exactamente igual, no sé como lo hacías, pero siempre estabas cuando te buscaba, que, la verdad sea dicha, era continuamente. Tu capacidad de amar, y que los verdaderos enamorados me perdonen por usar contigo ese verbo, era y supongo que es, infinita para con tantos como se prestan a tu juego.

Dime ¿con todos lo haces igual?

(El tono de él es contundente pero no exacerbado, no alza la voz ni gesticula apenas. Ella tampoco pierde el tono sereno, le mira y solamente cambia la postura, a cada cual mas elegante, de vez en cuando: apoyándose en el respaldo, cruzando las piernas o los brazos, echando el cuerpo hacia delante apoyando los codos en la mesa...)

- ¡Qué gracia! Parece que esbozaras una sonrisa. ¿Acaso piensas que esto que te digo es una muestra de reconocimiento a tus artes amatorias, a la bondad de tu compañía?

Es increíble tu espíritu perseverante. Aunque se entiende bien: tus armas son muy poderosas. Por eso, pese al paso del tiempo, no desistes de enviarme tus mensajes de reconciliación, usando esa técnica de concederme terreno: -podemos ser amigos - me dices, -sabes que puedes disfrutar de mi amistad, no te pido que vuelvas a dejarlo todo por mi, sé que la vuelta de nuestro amor tal y como fue, es imposible; pero podemos seguir contando el uno con el otro, ¿verdad, Carlos? De igual a igual.

(Pausa.)

- Es que es así, cariño, podemos ser amigos, sabes que puedes disfrutar de mi amistad, no te pido que vuelvas a dejarlo todo por mí, sé que la vuelta de nuestro amor tal y como fue, es imposible; pero podemos seguir contando el uno con el otro, de igual a igual.

- ¡Anda! Reconoces que nuestra relación no era de igual a igual. ¡Ja!

Y si tu prepotencia te hace atisbar, equivocadamente, un mínimo gesto de interés ante tu propuesta, entonces, avanzas. Avanzas hacia el mismo lugar, el tuyo.

- Sabes que tu vida sería mejor contando conmigo de vez en cuando, con naturalidad, eso significaría que habrías enterrado el odio, el rencor. Y te haría muy feliz, yo te he oído decir muchas veces que el odio y el rencor son una lacra para vivir.

- Sí, ya. Pero no, querida. No te guardo rencor. Y tampoco te odio. Es hacia mí mismo donde va dirigido mi rencor, por idiota. Sé que quien vivió contigo no era exactamente yo, era, acaso lo poco que de mi dejaste y la mucha mierda que me agregaste desde que me hiciste tuyo tan sigilosamente. Yo me dejé hacer y es hacia ese pingajo que cedió ante ti y me traicionó, hacia quien siento rencor. Hacia ése que está y estará siempre aquí dentro pero que, afortunadamente, creo que he conseguido anular, como tú antes hiciste conmigo.

Por eso no, no reconozco en ningún momento la bondad de tu compañía.

Es abrumadora tu alta autoestima. Yo creo, estoy seguro, que debe de nutrirse de la de los demás.

(Carlos recibe un mensaje en el móvil y lo coge para leerlo.

Vuelve a entrar por la derecha el hombre que salió a fumar, mira detenidamente a la mujer que acompaña a Carlos y se sienta en su mesa haciendo un gesto con la mano solicitando al camarero y éste se dirige hacia él a la vez que entra por la izquierda del vagón una mujer joven ataviada con un vestido de mercadillo, sandalias y una rebeca, lleva la melena recogida en una coleta con una goma. Se sienta en un taburete de la barra junto a la ventanilla y le pide una cerveza al camarero cuando éste vuelve de atender al hombre que ha pedido otro güisqui con hielo.)

- ¿Quién era, Carlos? – Le pregunta,

- ¿Por dónde iba?... Oye, ¿verdad que ahora te jode que vaya a tu casa continuamente, todos los días como si tal cosa y que la mayoría de ellos, ni siquiera te dirija la mirada y, más aún, que pasen los días y los meses y los años, y cada vez que voy me vuelvas a ver salir sin llevarte conmigo?

Creo que cada vez, cuando me ves entrar, albergas de nuevo, sin ningún desaliento, la esperanza de que te vuelva a sonreír, a saludarte.... a besarte. Por eso, sin vergüenza alguna, osas a guiñarme un ojo de vez en cuando, a mesarte la melena y dedicarme tu más atractiva pose, alternando los cientos de vestidos de tu gran fondo de armario según convienen a cada ocasión.

Tienes innumerables amantes y sin embargo, no pierdes la capacidad para insistir en la recuperación de uno solo que has perdido.

Pero no soy el único que ha conseguido abandonarte y estoy seguro de que con todos insistes sin perder nunca la capacidad de mantener la entrega de los que permanecen fieles a la vez que el crecimiento de la pasión en tus nuevas conquistas.

¿Cómo es posible, que no te hayan incorporado todavía, a la leyenda de los grandes amantes de la historia? A tu lado, Don Juan Tenorio, el Marqués de Sade, Cleopatra o Nuria Bermúdez, ¡ja, ja!, quedan en un pasmoso ridículo. Nadie como tú para conquistar tan desmesurada cantidad de amantes, para mantenerlos fieles, para utilizarlos a tu antojo, para anularlos y en tantos casos, matarlos cuando tu indeseable yugo ya los convirtió finalmente en indeseables incluso para ti.

- Me estás haciendo mucha gracia. ¡Qué bien hablado has sido siempre! Aunque te soltabas mucho mejor la lengua cuando yo te la mojaba... ¡Qué placer! Disculpa un momento, ¿quieres?

(El hombre de la derecha ha sacado la cartera y ha llamado al camarero con un gesto. Ella se ha levantado le ha mirado y después se acerca a la mujer sentada en la barra. Pasa la mano por su hombro y vuelve a la mesa andando detrás del camarero que acude junto al hombre que le llamó, Andrés le pide otro güisqui guardándose la cartera y el camarero vuelve a la barra, sirve el güisqui mientras la mujer le pide otra cerveza. Se la pone y lleva la consumición)

- ¡Marchando!

(Carlos hace un gesto de olfateo con la nariz.)

– Eso que huelo... sí... es tu olor el que me llega ahora. No, no me he sentado aquí por no estar a tu lado y evitar tentaciones. Siento decirte que tu olor hace tiempo que me repugna y no te lo digo por faltar, es una verdad inimaginable hace unos años, pero ya ves.

Me he sentado aquí para poder mirarte con la perspectiva necesaria. Pero sí, tienes razón, ahí puesta estas como escondida, con poca luz. Tienes así la timidez y te das la poca importancia, que muestras en tus primeros contactos.

Pero no, no he querido que estuvieras ahí, al otro lado de la mesa, por miedo.

¡Ja, ja, ja! Es curioso, estaba pensando que no te tengo miedo en su significado de pánico. Te tengo y te tendré siempre respeto y mucho. Por eso me reía, porque respeto significa en primera acepción, veneración y acatamiento que se hace de alguien. Fíjate, eso es lo que sentí por ti durante todos aquellos años sin darme cuenta. Además un respeto excluyente de cualquier otro. Respetarte a ti de esa manera conlleva perderle el respeto a los demás, a los que más lo merecen, a la vida en general y a uno mismo.

En cambio, la cuarta acepción de respeto es miedo. Miedo como recelo, no como pánico o pavor. Quizá debería mantener ese pavor hacia ti. Pero no, siento recelo ante tu sola existencia, sin ser necesaria tu presencia ante mis ojos. He pasado de respetarte en la primera acepción de la palabra, a hacerlo en la cuarta. Justo al revés que con las personas que estoicamente han estado a mi lado sin dejarme caer nunca del todo y tirando tanto tiempo de mí y en vano tantas veces para que saliera de tu redil.

¡Cuántas veces me aconsejaron, me pidieron, e incluso me exigieron con muy buen criterio, pero sin éxito, que te abandonara! Y me lo pedían por mí, no por ellos.

Y sin embargo, ya ves, era precisamente de ellos de quienes recelaba. De todos menos de ti y les faltaba continuamente al respeto debido y merecido, que era todo para ti. Les faltaba al respeto sobre todo porque casi lo único que tenía para ellos era una mentira tras otra, tal y como tú aconsejabas, ¿te acuerdas?

- Nunca me lo habías contado. Si tales cosas ocurrieron, tuvo que ser cuando yo no estaba.

(Carlos deja de mirarla, baja la cabeza y suspira.)

- ¿Te acuerdas de cuando nos conocimos? Claro que te acuerdas. Y de cuando te lanzaste a conquistar mi alma, a hacerla tuya para siempre, hasta que acabaras conmigo, ¿te acuerdas? ¡Cómo sabes estar en el momento adecuado, para desplegar tus encantos y apaciguar las tormentas del corazón de tus presas!

- ¿Vas a contarme tu vida, chatito?

- ¿Perdón? ¿Que si voy a repasar mi vida contigo, me preguntas? Posiblemente lo haga. ¿No te apetece? Claro que eso no sería recordar los buenos momentos, como se suele hacer con un antiguo amigo a quien se vuelve a ver después de mucho tiempo. Pero es que tú no eres mi amiga y al recordar en la distancia mi vida a tu lado no es posible recordar ningún buen momento.

Otro asunto es cómo se vivían las cosas en aquel tiempo, desde dentro de la relación. Mira por dónde hay un refrán que tú te cargas si hay que aplicarlo a la vida de cualquiera de los amantes que te hemos abandonado: ese que dice "cualquier tiempo pasado fue mejor". La consciencia de que, tras salir de tus redes, cualquier tiempo pasado fue inmensamente peor es la mejor arma para identificar la falsedad de tus reincidentes guiños y no volver nunca.

En fin, como te decía, yo también me acuerdo perfectamente, nos presentaron en la Plaza Mayor de Madrid, pero yo era un niño y no era viable que ocurriera entonces lo que pasó después.

Eso sí, mantuviste el contacto y adornaste de diversión todos nuestros encuentros festivos. Incluso en algún momento, les diste un tinte de imprescindibles para un correcto y maduro crecimiento dentro de la vida en sociedad. Me decías en voz baja, al oído, que tu relación conmigo me ponía a la altura que debía para desarrollar mi progreso personal hacia una situación exitosa. ¿Dónde iba a ir sin ti en mis negocios? O algo así; era como cumplir con el asqueroso dicho de que detrás de todo gran hombre hay siempre una gran mujer; y esa precisamente, querías ser tú. Relacionarme contigo me ponía a la altura de aquellos con quien me debía relacionar para llegar alto.

Pero sí, mi relación contigo durante ese tiempo en que todo funcionaba bien, era muy cordial, agradable, sin exigencias, ni ataduras. Cómo iba yo a sospechar que estabas preparada desde el principio para ser quien me diera el primer cálido abrazo cuando llegara a mí el frio del vaciado del alma; la primera que lo aliviara hasta hacerlo desaparecer, el dolor de las heridas y sus falsas cicatrices. La que siempre, sin fallar una sola vez, ibas a estar ahí para echar fuera de mi todas las penas, la que con tu sola presencia ibas a eliminar todos los problemas, los persistentes y los que tu compañía fue creando sin que yo me diera cuenta. ¡Todos sí, maldita sea!

Y, finalmente, la única capaz de devolverme tan a menudo, la sonrisa y la risa, la que me ibas a permitir dormir sin pesadillas.

(Elena, la mujer sentada en la barra, y el camarero charlan todo el rato, a menudo entre sonrisas y risas, a menudo, con gestos cómplices.

Andrés solamente bebe y mira cosas en el movil.)

Pero cómo iba yo a imaginar que tu abrazo era el de una boa, si no me ahogaba porque me hacías respirar ese aire tuyo, inhalado directamente de tu boca en cada beso. Cómo sospechar que eras tú la que no dejabas cicatrizar las heridas si mientras me decías que tú me las curabas, tan solo me anestesiabas y conseguías así que no me preocupara por curarlas, viendo mientras, indolente, cómo se infectaban más y más. Cómo notar que no echabas fuera las penas ni eliminabas los problemas sino que los escondías más adentro de mí, tapados, inadvertidos, mientras conseguías inclinarme más y más a tu favor sin importarte que las aristas de esas penas fueran rayendo mis entrañas y que los problemas se nutrieran de mi propia complacencia.

- Te estás poniendo muy dramático amor mío. Deberías besarme, tontorrón. Tienes muy bien aprendido el discurso pero no te pega nada.

(Leve pausa en que ella se queda mirando a Carlos fijamente, después mira a la mesa del fondo a la derecha.)

De todos modos, como aún no me vas a besar, me tienes que disculpar otro momento, solo un momento.

(La luz se apaga y queda encendido un foco sobre la mesa de la derecha donde está Andrés.

Ella se levanta, se coloca el escote de la camisa y vuelve junto al hombre de la esquina derecha que ha empezado a discutir con alguien por el teléfono móvil. Se sienta frente a él, le reirá de la oreja la mano y le cuelga la llamada pulsando lentamente con un dedo su teléfono.

La voz en off de ella le dice que ya sabe lo que tiene que hacer en estos casos: Imaginación, repertorio de escusas y muy bien fingido malestar por no poder acudir a la cita. Total, los dos sabemos que no querías ir. Ya encontraremos después solución para ese cliente.)

(Él vuelve a marcar en el móvil y habla.)

- Sí, se ha cortado... que coño voy a cortar yo... Oye, tenemos que esperar a que llegue otro tren o que nos bajen para ir hasta donde pueda acercarse un autobús que nos lleve. Esto es un puñetero desastre... pues ya ves que no, hoy no cuentes conmigo... Mas lo siento yo que quieres que le haga... pues sí, y a mi quién me paga el día de hoy... no me lo pongas más difícil que bastante tengo... tú llámale y le cuentas, procura fijar otro dia para vernos... te voy contando lo que haya.

(Se apaga el foco y se enciende otro sobre la barra a la que se dirige ella después de acariciar el rostro del hombre.

Se apoya en la barra junto a la mujer que mira por la ventana, la besa en la cabeza y le presenta al camarero. Elena, este es Juan y veo que los dos tenis mucho de qué hablar.

Saca un billete del bolso y le dice a Juan que sirva a Elena y a la mesa del fondo.)

- Cóbrate, quédate con la vuelta y diles que invita la empresa.

(El escenario vuelve a iluminarse mientras ella regresa a la mesa del centro, se atusa la melena y se sienta.)

- ¡Qué hija de puta eres!

- De siempre, ¿verdad, cariño?

(Carlos se sujeta la cabeza con las manos a los lados de la frente, apoyados los codos en la mesa, mirando hacia abajo durante un momento. Mientras ella, saca un espejo del bolso y se revisa el rostro.

Después levanta la cabeza otra vez y se reclina sobre el respaldo del asiento, mirándola.

Entra por la derecha una mujer, llega a la barra y pide un café que Juan le prepara. Elena y Andrés la miran y no hacen nada más que mirarla. Carlos y ella también siguen inmóviles como si nada estuviera pasando. La mujer se toma el café, lo paga y se va.

Carlos prosigue.)

- Sí, de siempre, y sí sería bueno repasar mi vida, la de antes y la de ahora. Y comparar. Lo he hecho muchas veces, por partes concretas unas, otras más en general. Pero nunca mirándote de frente. Eres muy dañina, una criminal y disfruto diciéndotelo con esta serenidad.

- ¿Con esta serenidad? ¡Serenidad de sereno será, porque de la otra...de la otra, corazón, no veo nada!

- ¡Ja, ja, ja! No, esta serenidad no es fingida, no es una pose, maja. Lo de las poses es cosa tuya. Eres tú la que muestras un sin fin de falsas imágenes para resultar atractiva. Eres tú la que nunca te muestras tal cual eres. Evidentemente. ¿Qué sería de ti si lo hicieras?

Esta serenidad es fruto de la calma recuperada, ¿sabes? Se desprende de las fuerzas renovadas que atesoré tras abandonarte. Fuerzas mayores que las de antes, quizá por el descanso que tuvieron, por no usarlas durante mi larga vida contigo. Las fuerzas que me permiten hablarte así y sentirme tan bien. Las fuerzas que uso a mi antojo y para los fines que yo creo convenientes. Porque el control de mi vida lo tengo yo. ¿Eso duele, eh? Sí, te duele y tu dolor no es nada comparado con mi alivio.

Pero en fin, al final no es tan importante para ti perder a tus amantes. Sabes que los vas a perder a todos antes o después, igual que sabes que conseguirás muchos más para volverlos a perder. Unos conseguirán como yo, aprovechar un rayito de lucidez para saltar al camino de salida. Otros no podrán y su alma acabará muriendo definitivamente, un poco antes de que muera su cuerpo, y entonces misión cumplida, ¿no es así?

En cuanto uno de nosotros pasa del coqueteo al deseo entregado, del roce al abrazo, haces una crucecita en el cuaderno de tu colección. En ese momento el paso fatal esta dado, pero eso sólo lo sabes tú. Cuando, en momentos aislados, tu presa reconozca el error, ya será tarde. Ya te ocuparás de hacerle ver que sólo te tiene a ti y que tú eres la única solución a sus quebraderos de cabeza. Esos que te dedicas a hacer más y más grandes cada día, y así, mostrarte cada vez más y más necesaria para su alivio.

"Ni contigo ni sin ti, tienen mis males remedio. Contigo, porque me matas, sin ti, porque yo me muero."

¡Es que hay que joderse!

Había un buen puñado de personas deseando poder abrazarme y sin embargo, yo me quejaba de que me sentía muy solo.

La vida pasaba mirando y mirando y sin ver nada de nada.

(Tras quedar a oscuras el vagón, tres focos, uno sobre cada una de las dos mesas ocupadas y el tercero sobre la barra se encienden sucesivamente mostrando al hombre de la derecha junto a ella en el mismo asiento, riendo y besándose, al camarero hablando también entre risas con Elena y finalmente a Carlos cuya voz en off dice: Hoy aquí, hablando a solas con ella, descubro muchas cosas. Literalmente las descubro, les quito el manto de silencio que las tapaba; las reconozco, porque ya las conocía. Las conocí en su compañía, pero no las identificaba entonces, tal cual son. Después sí, las reconocí y supe cómo eran realmente y volvieron, después, a quedar tapadas por el silencio que hoy rompo.

Se apagan de nuevo los focos y se ilumina después el vagón. Andrés bebe a solas y cotillea el móvil. Elena y Juan siguen charlando. Ella sigue sentada frente a Carlos.)

- ¡Qué pocas veces estuvimos a solas! Igual que hoy, nuestras citas eran, casi siempre, para compartirlas con otros amantes tuyos. Y jamás hubo celos. No los hubo porque no te reconocía como amante mía ni a mí como amante tuyo. Pero lo eras, ya lo creo. Esa entrega absoluta, diaria, por encima de cualquier reproche, solo a quien se ama se le regala. ¡Qué necesaria contradicción para el éxito de tus juegos de seducción!

(El teléfono móvil de él emite un sonido anunciando un mensaje, ante lo cual, Carlos calla y comprueba el texto.)

- Es un mensaje de un amigo. Luego le contestaré, ahora le voy a hacer esperar por estar contigo. Cómo hacía siempre durante... lo nuestro. Formaba parte de la eterna mentira en la que hay que vivir cuando se vive a tu lado. ¡Cuántas citas canceladas, cuántos plantones, incluso! ¡Cuántas falsas excusas, para dejar de lado a mis amigos, si eso suponía tener que prescindir de tu compañía! ¡Cómo lograste alejarme de ellos, de forma irreversible en algún caso!

Pero, no. Como supongo que le estará pasando a Elena, no me podía sentir sólo. Tú me conseguías esas nuevas "amistades" entre tu podrida colección de presas a la que ya me habías incorporado. Todas esas falsas amistades extraídas de tu clan, para hacer más firme tu control sobre mí. Así se cerraba el círculo. Mientras, mis amigos sufrían, recibían una decepción tras otra, patada tras patada en el pedazo de corazón que me tenían dedicado. Obviamente lo reprochaban. Y ese reproche era un ataque hacia ti que lo único que conseguía era aumentar mi distancia con ellos. Porque yo a quien quería era a ti... a ti, pese a lo increíble y necio que ahora parezca.

(Carlos se lleva las manos a la cabeza.)

- ¡Pero como no iba a odiar y sentir rencor hacia ese ser ruin que de mi hiciste!

(Eleva la mirada y recorre el techo del vagón, meditando para, al cabo, volver a dirigirle la mirada. Ella se inclina hacia delante sobre la mesa con los codos sobre ella como para prestar más atención.)

- Sin embargo, cuando antes he usado el adverbio definitivamente para referirme a nuestra ruptura, reconozco que he vacilado.

- Lo ves, Carlos.
Pese a todo yo te estoy hablando con ternura.

- ¡Oh! Pero que no brillen tus ojitos de niña buena; dudo porque tu tesón es inmenso y sé que tu llamada será la primera ante cualquier revolcón que sufra mi corazón. Y de esos revolcones nadie está libre. Por eso no me olvidaré jamás de ti, aunque tú por temporadas te ausentes o disimules tu presencia. No me olvidaré jamás de reafirmar que mi cuerpo nunca volverá a estar de nuevo en contacto con el tuyo. Mis dedos menguarían si mis manos se acercaran a las tuyas y mis ojos han aprendido a detectar la repugnancia de tu aspecto escondido bajo ese maquillaje que te otorga tal atractivo sin igual. Pero mientras tú existas, yo, en cierto modo, caminaré siempre sobre un fino alambre de volatinero; lo sé y cuento con ello.

La memoria, esa que tú con tanta habilidad retocas a tu antojo, me ayuda, y además hay cosas que ayudan a la memoria, como las fotografías. Es realmente impresionante, ver mi imagen de hace años. ¿Te gustaba? Sí, claro que te gustaba, sólo a ti. Era la imagen de tus logros, lo que ibas consiguiendo de mí.

(Ella se vuelve a reclinar en el respaldo, erguida.)

- ¿No sientes nada cuando me ves ahora con este aspecto? No te digo guapo ni que derroche elegancia, pero no me digas que no ves ante ti una persona con buen aspecto.

(Ahora Carlos emite una contundente carcajada.)

- ¡Qué digo, es que se me va la cabeza! No como cuando estaba contigo, pero a veces debe ser que se me va, porque si no, no se explica que te pregunte a ti por tus sentimientos. A ti que careces de ellos.

Pues ya ves, de todos modos te cuento: a mí me han llegado a abrumar con los repetitivos comentarios acerca de mi buena imagen de ahora. ¡Bueno, es que me han llegado a decir que estoy guapo!

No, no fue ningún ciego quien lo dijo, ¡je, je!

- Pues claro que estás muy guapo tesoro, siempre has sido guapo.

- Lo sabes muy bien, de sobra aunque no lo reconozcas, pero era lamentable mi imagen mientras estuve en tus brazos, sobre todo en las temporadas en que nuestra relación era más intensa. Veo fotografías de entonces y con algunas me asusto, te lo aseguro.

¡Qué triste debía ser verme así, para los demás en aquellas épocas! ¡Y tú, tan pichi! ¡Hay que joderse! ¡Claro es más fácil mantener la fidelidad de quien resulta desagradable para los demás! ¿Verdad?

Hinchado, ajado, con la mirada vacía como yo mismo, desaliñado muchas veces. ¡Qué desastre! Pero tú, como a ti misma, todo lo maquillabas ante mis ojos. Incluso mi propia imagen.

¡Cuánto roe tu compañía! Por dentro y por fuera. Aquí también es verdad eso de que la cara es el espejo del alma.

Si alguien intentaba hacerme ver la realidad, yo te negaba. A ti no te importaba eso, todo lo contrario, era tu consigna: "me niegas y te dejan tranquilo, - decías, - jamás entenderán nuestra relación, son ellos los que te traen los problemas y yo la que tengo que quitártelos, cariño, pero no me importa, sé que te hago bien. ¡Qué mal te ha tratado la vida, cuanto necesitas mi tranquilidad!"

¡Cielo santo, cuánta malicia!

Me pregunto si serías capaz de repetir eso mismo ahora, capaz de volvérmelo a decir a la cara.

(La mira, ella no dice nada.)

No, claro que no; no procede. Lo acertado ahora pasa por lo de antes, esos humildes guiños tuyos:

(Ambos a la vez, tras oscurecerse el vagón y quedar solo un foco sobre su mesa.)

- Nuestra relación quedó herida de muerte y es imposible que la recuperemos como fue. No te lo pido porque yo tampoco lo quiero. Pero ¡cómo estar para siempre lejos de tu vida, sin saber nada de ti, aunque sea de vez en cuando, después de haber estado tanto tiempo, juntos!

(Ella sola.)

- Y sí, ¡Qué mal te ha tratado la vida, cuanto necesitas mi tranquilidad!

(Carlos contesta.)

- Sí, eso era lo que me decías siempre, repitiendo y remarcando mis propias palabras y qué bien lo decías y lo dices...y así te muestras inofensiva y cordial. Humilde y timorata para esconder el arpón que desde mi partida me tienes preparado. El mismo que, incluso para mi sorpresa y la de tantos, logré extirpar de mis entrañas a tiempo.

(Se vuelve a iluminar el vagón. Carlos llama la atención del camarero alzando un brazo y pidiéndole un botellín de agua con gas que enseguida acerca Juan a la mesa junto a otro de güisqui)

- Lo he pedido yo para ti, es de cuenta mía corazón, No me gusta verte tan alterado.

(*Carlos sigue mirándola, no mira a la mesa.)*

- ¡Je!, se te encienden los ojos, querida. Te molesta mucho que te conozca tan bien y no dude en absoluto de tus verdaderas intenciones.

Si por ti sola fuera, atraparías sin redención a todos y cada uno de los que se acercaran por primera vez a tu lecho. Pero no eres tan encantadora como para lograr tal desatino y a la vez eres demasiado lista como para no hacerlo mejor y más despacio. Necesitas que el desánimo, el dolor y la debilidad estén carcomiendo a tus amantes para, así, hacerlos tuyos en exclusiva, cuando no tengan mejor lugar en el mundo que aquél que se sitúa en tus brazos; cuando, es más, todos los otros escenarios son foco de tensiones y problemas inabordables.

Por cierto, no quería dejar de hablarte de esto último. ¿Quién te enseñó que la mejor manera de retener a alguien es hacerle más grave su vida sin ti? Tú no dejabas que me enfrentara a mis problemas, estando a mi lado los enmascarabas; así los problemas crecían y cualquier vistazo a la vida sin ti resultaba más y más desagradable cada vez. Todo, fuera de ti, eran problemas y acercamiento de gente con quejas y reproches. Sólo tú me dabas esa balsa sobre un lago manso, donde descansar y vivir tranquilo, como todos deseamos, ellos también. La actitud de los demás, ¿sería envidia?

Me oigo y me escandalizo. Pero bien sabes que era así, y así será siempre con tus rehenes. Tienes un solo objetivo: la destrucción. Y un solo camino hacia ella: el engaño, la homicida seducción de tu falso placer.

(Carlos vierte, en el vaso junto a él, un poco de agua de la botella que ha pedido al camarero y bebe un sorbo.)

- Disculpa que no brinde. No lo hago porque no me da la gana, no porque traiga mala suerte brindar con agua. Lo que si me trajo mala suerte fue brindar contigo y, claro está, no lo voy a repetir.

(Carlos echa el cuerpo hacia delante.)

- Cualquier otra se habría levantado ya, hace un rato. Tú no puedes, lo sé, porque además te importa un bledo tanta humillación verbal. Lo que realmente te importa es estar ahí y cuanto más tiempo mejor; hay que estar ahí para poner los brazos si mis fuerzas flaquean. Por eso no me canso de colgar cada vez que llamas. Y nunca será tu teléfono el que marque cuando en algún momento sienta que no me valgo yo sólo.

Si utilizaras tu tesón para... qué se yo, por ejemplo para curar enfermedades, generar arte o pensamiento... Pero no, no es esa tu vocación. Ni siquiera cuando estás de secundaria en alguna velada, participando sin más en la alegría del evento. Incluso ahí estás al acecho buscando vacíos que llenar con tu confortable presencia.

Para clavar tu aguijón con plenas garantías de éxito necesitas el corazón del otro maltratado, necesitas adivinar la angustia, el vértigo del vacío que sienten los descimentados. Así apareciste ante mí, sin hacer ruido, ni levantar sospechas, concediéndome cada día mi único deseo: llegar cada noche a la cama y poder dormir permitiéndome de nuevo caminar, pero eso sí, tan solo por tu camino, de apariencia paradisíaca, y siempre a tu lado, hermosa y tentadora, amante depredadora.

Mi camino, ahora, es muy distinto a aquél. Con tantos tramos llanos como accidentados.

Un camino por donde sopla el viento ora suave, ora rebelde.

- Vulgar.

- ¿Vulgar? Si te sientes bien dándole ese apelativo...Pero no, ni ese capricho te concedo: no es vulgar. Ese camino tiene de especial que en él no hay sitio para ti, en él incluso tu sola voz tiene una estancia brevísima, porque la más leve brisa la difumina.

Es el camino que yo quiero, precisamente porque en él no consigues permanecer. Todas las veces que has aparecido después de nuestra separación, aprovechando la compañía de alguien de mi agrado, supongo que lo hacías buscando la relajación en mí. Pronto te diste cuenta de que era misión imposible.

Imposible defraudar otra vez a nadie de mi gente. Así que viste que eran mejor opción los encuentros a solas, también sin cita previa. Entonces descubriste no sólo que no voy a defraudarles ni a la cara ni a sus espaldas, sino que tampoco voy a defraudarme a mí mismo.

Pero a la tuya sí. A la cara...sí, a la tuya. Hablarte a la cara, de tú a tú, como nunca lo había hecho, está siendo útil para dejarte, aún si cabe, en peor lugar del que ya estabas. Ahí quieta, frente a mí, no a mi lado ni a mi alrededor. Callada porque no sabes decir nada nuevo, y todo lo que sabes decir es, además de repetido, inútil para tus intenciones. Y sobre todo, mentira. La claridad de ideas que puedes otorgarnos en un primerísimo momento es otro engaño para hacernos avanzar hacia el pozo donde te gusta tener cautivos a tus ligues.

- ¿Me has citado sólo para insultarme?

- ¿Qué si te he citado solo para insultarte? ¡Ja, ja! No, que va. Mi insulto lo provocas tú sin necesidad de que yo lo busque. Y no, no lo necesito. No el insulto, sí, en cambio, tu indiferencia al recibirlo. Eso no hace más que demostrarme tu frivolidad. Como la de esa costumbre de adornar tus vestidos con hielo. Tu lengua quemaba en mi boca y en mi garganta cada vez que me besabas y, sin embargo tu ausencia me dejaba el frío de la oquedad en que me habías convertido. Un hueco cubierto de piel avejentada. ¡Pero si es que cuando llegaba a hartarme de ti, vomitaba entonces por la boca ese hartazgo para poder volver a tenerte!

No he sabido jamás de nadie más frío e inhóspito que tú pese tu imagen tan cálida y acogedora.

- Es una pena que caigas tanto en la autocomplacencia, que apartarte de mi sea para ti un triunfo, Sabes muy bien que te cuesta horrores, te cuesta día tras día. Y sabes que te cuesta tanto porque con quien estás bien es conmigo.

(Ella se levanta de su asiento y se acerca a él junto al frente de la mesa. Se inclina hacia Carlos apoyando los brazos junto a las consumiciones.)

- Sí, tesoro, con quien de verdad estás bien es conmigo, porque sin mi la vida es bucear en la frustración, en el fracaso, en el frío, en la desazón. No te estoy diciendo nada que no sepas y como tú mismo reconoces, sabes que voy a estar aquí siempre. Eso es lo que te mantiene ¿verdad mi niño? ¿qué sería de ti si fuese yo quien te dijera que te abandono, que te olvides de mi, que no me vas a volver a ver? Cuando dejes de luchar por apartarme de ti, descansarás. Sí, será entonces cuando descansarás otra vez.

(Ella se moja el dedo índice en los labios y lo pasa por el borde del vaso de güisqui que Carlos tiene delante y se lo acerca un poco empujándolo sobre la mesa sin dejar de mirarle.)

- Bésame otra vez, cariño, los dos lo estamos deseando.

(Carlos se levanta de su asiento y se queda ahí, de pie, después de coger el vaso de

quisqui y alza la mano que lo sostiene a la altura de su cara junto a su boca.

Ella, de pie frente a él, asiente mirándolo.

Tras un breve instante, sonriendo levemente, Carlos levanta más el brazo y desde su mano alzada por encima de su cabeza, lo deja caer para que se rompa contra el suelo, entre ambos.

Ella da un leve salto hacia atrás. Le mira, sonríe, vuelve a su asiento y se reclina contra el respaldo cruzando los brazos.

Carlos, mirando el líquido derramado sobre el suelo, continúa.)

- A veces, querida bebida, un solo gesto reconforta mucho. Por eso lo he hecho.

Ni insulto, ni venganza, ni desahogo. Nada de eso ha sido. Afortunadamente no perdía las formas con los demás estando contigo, que es algo que sueles conseguir de muchas de conquistas, posiblemente para que generemos más odio y sensación de injusticia hacia nosotros por el rechazo de los demás.

Pero no, no ha sido eso. Quizá solo una parte del desprecio que siento por ti y, sobre todo, un homenaje a mí mismo y en general, a todos los que hemos conseguido desahuciarte de nuestras almas, que no de nuestras vidas ya que siempre estarás en el mundo donde vivimos. Un gesto al que invito a todos tus amantes.

(Dirige alternativamente su mirada a Andrés, el señor de la mesa de la derecha y a Elena, en la barra. Ambos le miran.)

- A ti y a ti.

Ya ves, ni siquiera así me das pena, andrajosa como estas ahora, arrastrándote por el suelo ajando el vestido que más me gustaba, el del güisqui. Verdadera pena es lo que siento por todos los años que me robaste, no sólo a mí, también a mi gente, y que como todos, son irrecuperables; el hondo dolor causado a los que tanto me querían, a fuerza de golpearles constantemente con el martillo de la mentira y el punzón del menosprecio que imprimiste a fuego en mi manual de comportamiento.

Pero también amiga ruin, permíteme el eufemismo, una alegría inmensa es lo que siento al verte aquí y saberme tu enemigo.

Sí. Una inmensa felicidad por estar frente a ti de pie, entero. Merecedor de mis amigos y de mi familia que también lo son. Si hubieran sabido que venía hoy, voluntariamente a verte, a estar contigo, lo hubieran pasado francamente muy mal. Sin embargo, si vieran cómo ha sido nuestro encuentro se llenarían de paz. Su bondad y su coraje te mantienen ante mis ojos, perennemente desnuda, con tu espíritu putrefacto a la vista. Jódete porque he vuelto a ser merecedor de la amistad de todos ellos y, es más, so bruja, soy merecedor de ser padre de mi hija, esa que, desde sus pocos añitos decía a los camareros cuando ofrecían un chupito de los tuyos tras comer, que su papá bebe agua, café y Coca-Cola; esa joya mía a la que no te hubiera importado en absoluto, dejar huérfana.

(El camarero se acerca a retirar los cristales con la escoba y recogedor y se dirige a Carlos que ha estado observando la limpieza.)

- Ahora le traigo otra copa.

- No gracias. Otra botella de agua con gas, por favor. Y disculpe, pese a que todo lo que ha escuchado se lo puede aplicar a usted.

- ¿A mí?

- Sí, ¡a ti, hombre, a ti! Compinche de esta zorra que te ha puesto hoy aquí en lugar del camarero que hace siempre este turno en este tren. A ti que estás jediéndole la vida a esa mujer por encargo de ésta.

No te voy a decir que ha sido sin querer, porque no es verdad, ha sido adrede, pero no creo que vuelva a ocurrir.

(Ella le coge del brazo y le hace un gesto para que vuelva a la barra. El camarero se retira mirándole con un gesto de confusión e incredulidad mezcladas.)

(La luz del vagón se apaga y el foco sobre Andrés, se enciende. Este se levanta sacando la cartera y cogiendo dinero, que deja junto al vaso, se queda mirando la mesa, de pie, apoyadas las manos y dice:)

-Si has llegado hasta aquí
que no sea porque te trajo el rio
que haya sido nadando
o por la orilla caminando.
Eligiendo tú el camino.
Que haya sido preguntando,
que haya sido observando,
que haya sido decidido.
Si has llegado hasta aquí
que no sea por querer evitar el frío,
que haya sido sudando
aun tembloroso y cansado.
Eligiendo tú el camino,
Si has llegado hasta aquí
que no sea porque te trajo el vino,
que la sed te haya anegado,
que el horizonte la haya calmado.
Eligiendo tú el camino.

(Mientras el camarero se acerca a fregar el suelo donde cayó la copa, Andrés saca la cajetilla de tabaco y de ella un cigarro, se gira y sale por la puerta derecha del vagón que se vuelve a iluminar apangándose a la vez el foco

que había estado encendido sobre él mientras hablaba.

Carlos se sienta en la mesa de la derecha del frente del vagón, contigua a la que sigue ocupando ella y llega el camarero. Deja dos vasos sobre la mesa, uno de ellos con hielo. Lleva en la bandeja una botella de agua y otra de güisqui.)

- Me he cambiado de mesa para no pisar lo fregado, no hay problema, ¿verdad?

- No, ninguno, por supuesto.

- Usted me dirá cuánto quiere que le sirva.

- El güisqui sírvalo como guste; el agua ya me la echo yo. Gracias.

(Tras servir la copa, el camarero desenrosca el tapón de la botella de agua y se retira.
Carlos coge el vaso de güisqui y lo coloca de nuevo, al otro lado de su mesa. Vuelve a reclinarse en su asiento y bebe un poco de agua tras llenar el vaso.)

- Te has vuelto a poner guapa. Y así una vez y otra. Y las que hagan falta, claro está.

(Carlos está hablando al vaso de güisqui con hielo.)

-Ya veía que no estabas del todo cómoda. Sí, ya sé que era por tu sitio –mientras señala con el dedo hacia la mesa donde estaba sentado antes- no por mis palabras, ya lo sé. Pero mira tú por donde, resulta que, sin haberlo hecho premeditadamente, estabas ahí mucho mejor, donde apenas nadie sabía quién eras; quizá por ser una impresentable; ahora estás en evidencia, al desnudo. En cierto modo me avergüenzo, aunque más bien de mí que de ti.

Así que no pensaba moverme, no había acabado y hoy eres tú la que no te vas a mover de ahí hasta que yo decida lo contrario. Al revés que antes.

(Ella ha estado mirándole mientras hablaba. Ahora se levanta y camina hacia él, al estar detrás de Carlos se detiene, se gira le acaricia la cara por un lado y por el otro acerca su boca y lo besa.

Carlos coge una servilleta de la mesa y se limpia el beso.

Ella sonríe sarcástica y va hacia la barra donde hace un comentario al oído de Juan, el camarero, y sale por la puerta izquierda del vagón.

Carlos continúa hablando al vaso.)

-Aquí te veo mejor, pero me he cambiado sólo por no pisar tus babas que ha fregado el camarero.

Porque eran babas, no lágrimas. Tú no usas de eso en primera persona. Las lágrimas que conoces y te son útiles, son las de los demás.

Tú no te acuerdas de cuantas lágrimas has provocado. ¡Qué te vas a acordar, no tienes ni idea! No recuerdas las que has provocado, tanto en mí como en la gente que permanecía a mi lado. Has causado tantas lágrimas en todos, y seguirás haciendo brotar tantas, que es imposible que, por acostumbrada, te abrume. Mírate de un lado a otro del vagón manteniendo bien puestas tus redes en todo momento... tus telas de araña mejor dicho.

Pero a mí sí me abruma. Los cientos y cientos de lágrimas derramadas por las personas de alrededor de cada uno de nosotros. Las lágrimas derramadas a causa de la impotencia, por asistir desalentados al derrumbe constante de aquél a quien quieren.

Y las lágrimas en nosotros mismos, las que enseguida enjugabas y las otras: esas lágrimas sin sentido, llorando las penas anteriores a tu conquista, esas heridas que tú aparentabas curar cuando, en realidad no hacías más que mantenerlas vivas, recrearlas cada dos por tres, para hacer perenne nuestra necesidad de tenerte con cada uno de nosotros y en todo momento. Cuántas veces he llorado innecesariamente el abandono, las muertes, las ruinas, los desgarros del alma. Cuanto tiempo llorándolos sin afrontarlos ni asumirlos. Cuanto tiempo manteniéndolos vivos para no dejar de sufrir, para dar pena y tener excusa, que es otro gran consejo tuyo, para que no faltara el motivo necesario que justificara nuestra relación.

(El vagón se oscurece y un foco ilumina a Elena en la barra. Acaba de rechazar la enésima cerveza cerveza que le había servido al camarero. Elena se levanta del taburete y apoyada en la barra dice:)

- ¿Que le pasa al sol de hoy
que ni brilla ni calienta?
No es apatía, son ellas,
las plantas del jardín
que no me piden agua.
Que obstinada esa alta neblina
que desplegada sobre el cielo
lo torna canoso.
La brisa sin ganas
apenas roza apática mi frente.
Y en junio, hiela.
Qué le pasa a mi boca
que no dice lo que quiero,
menos aún mojada que seca.
Qué le pasa a mi cabeza
que no piensa, que no rige,
de estos líquidos llena;
empapada de alcohol y yerma.
Y en enero, sedienta.
¿Qué le pasa al sol de hoy...?

(Elena sale titubeante por la puerta izquierda del vagón sin despedirse. El foco de la barra se apaga y se ilumina el vagón en el que ya solo están Juan y Carlos. Éste continúa hablando al vaso de güisqui.)

- Claro que todas esas heridas fueron motivo de mi "sí quiero" hacia ti. Pero es que sin ellas tú no vales para proponerte como compañía de nadie. Tú solo puedes perseguir a los débiles. Por eso te decía antes que de quien me avergüenzo es de mí. Tú no puedes con nadie que atesore un mínimo de fuerza. Tú te apoderas de los débiles, de los idiotas, los anulas y los encaminas a la aniquilación. ¿Sabes cómo son las brujas de los cuentos? Como unos angelitos a tu lado.

Tú no es que seas fuerte ni poderosa, aunque lo eres, tú eres ruin y cobarde. Eres tan despreciable como nosotros cuando compartimos la vida contigo y nuestra única esperanza es que alguien supere según los caso, el dolor o el desprecio y arriesgue por tirar de nosotros para arrancarnos de ti.

Sin embargo, siendo tan popular como eres, eres también una gran desconocida. Nadie sabía bien de qué manera acercarse a mí por miedo hacia ti. Por miedo a lo desconocido. Por miedo a que me aconsejaras una reacción en contra que me hiciera condenarme aún más a tu esclavitud a la vez que romper los leves lazos que aún me unieran a quien intentaba el acercamiento. Eran acercamientos que buscaban la ruptura de una relación tan fuerte y peligrosa, que se iniciaban ya desde el miedo.

Aprendí que a ti hay que arrancarte de cuajo de la vida de quien hayas conquistado. Pero hay que hacerlo con la seguridad de que hay una vida después de ti a la que asirse y por la que transitar. Eso es lo que precisamente vas eliminando día a día del alma de tus conquistas, de tus adictos. El problema no es que nuestro cuerpo te necesite, sino que la necesidad la sienta nuestra alma.

(El móvil suena y Carlos corta la llamada tras comprobar la identidad del número del remitente.)

- Lo dicho: me pasé la vida junto a ti mirando y mirando pero sin ver nada de nada. El despertador sonaba y en el supuesto de que le hiciera caso, la desazón de tu ausencia comenzaba. Comenzaba la resaca, pero sabía que tú me estabas esperando a dos minutos de casa y la solución estaba próximamente servida, para después no dejar tu compañía durante el resto del día. Claro que no estaba en tu casa, aquí en el bar, todo el día, pero después del primer encuentro ya me acompañabas donde fuera y nos volvíamos a citar aquí y allá y no te desprendías.

¿Sabes qué trato suele dispensarme el camarero de este tren? Siempre de usted, "qué desea el señor", "no se preocupe, señor".

Lo han cambiado. Es otro. No me refiero al que has traído tu hoy, pero si otro desde hace unos años ¿Te acuerdas de quien atendía las mesas aquí antes de él? Era Santi "¿Otra Carlitos?" "¿Qué, ya se te ha calentado el paladar?" "¡Qué aguante tienes, macho!" "Éste se recupera de un día para otro con una facilidad acojonante."

Lo mismito ¿verdad?

No quiero, ni dejo de querer, que me llamen señor, quiero que me traten bien sólo porque lo merezco y lo devuelvo.

Tú sabes que en los bares es habitual que los camareros con oficio sepan lo que consumen los clientes habituales y por tanto se suele escuchar eso de "ponme lo de siempre" "para mí, lo de siempre" o más aún, que sin mediar más conversación que el saludo, el camarero te sirva lo que siempre tomas. En mi caso como bien sabes, antes era cerveza por la mañana, güisqui por la tarde y la noche. Ahora me preguntan que si voy a tomar café o si ya es hora del refresco. ¿Qué te parece? Lo que puede, para muchos, parecer una simpleza, para mi es un símbolo de algo tan trascendental como el hecho de que tú no estás en mi vida y a todo el mundo le consta del mismo modo que antes les constaba que tú eras parte primordial. Un detalle así no pasa inadvertido para mí, como tú bien sabes.

(Carlos, en sus pausas, mira al vaso de agua o dirige la mirada hacia arriba, como buscando el recuerdo que, finalmente, acaba encontrando claramente, una y otra vez, al mirar el otro vaso, en el lugar donde tiene a su asesina, en grado de tentativa, eso sí.)

- El respeto ahora, frente a su falta de antes. Y sobre todo la pena. ¡Ay, la pena! La pena por los acontecimientos que me hirieron tanto, que se tornó en depresión inadvertida, con tu inestimable ayuda.

La pena que daba verme y de la que no era consciente, silenciada por los demás, quizá curiosamente por un mal entendido respeto.

Si me hubieran hecho notar claramente, si me lo hubieran dicho a la cara, que daba pena verme entregado a tus vapores...Aunque sí hubo quien osó decirlo, no supo dar a sus palabras la crudeza real. Ante cualquier comentario de ese tipo no había más respuesta por mi parte que las palabras que de ti oía: éste se está pasando, eso es mentira. Y después tu conclusión, que asentabas en mi necio razonamiento: si es que no quieren más que hacer de mi lo que les conviene y no, yo soy de otra manera, yo soy yo, no entienden y si no les gusta, allá ellos.

Sí, yo era aquél, el que ellos decían en ocasiones con timidez, con el miedo de producir en mi un rechazo tal que produjera la huida sin vuelta atrás. El miedo a entrar en mi lista de enemigos, esa que tú elaborabas, y los alejara de mi irremediablemente.

Así seguía, mientras tanto, la pena, la que sentían por mí, por ellos, la que yo daba y otra más: la que me servía de excusa para estar contigo, la de que la vida me había tratado muy mal, la de que eso no se lo deseaba a nadie. Sí, esa gran contradicción, porque la vida me había tratado mal, es cierto, tan cierto como que yo trataba mal a todo el mundo con mi vida y, por tanto, debe ser que sí se lo deseaba a los demás.

A fuerza de coraje, de cariño, de empeño, algunos de mis amigos siguieron ahí aguantando los reveses, las bofetadas, las patadas en el culo, de mi actitud. Y llegó el momento en que debieron suspirar con cierto alivio cuando vieron que yo, por fin, reconocía que tenía un problema y que ese problema eras tú.

Sin embargo tú estás muy acostumbrada a esas situaciones adversas y tienes los recursos suficientes para salir airosa de ellas. Mueves de forma inmediata los resortes necesarios de modo que mientras los demás respiran con ese cierto alivio, yo voy introduciendo en sus mentes, guiado por tus hilos, el muy mal entendido concepto de enfermedad. La consecuencia es que ellos me reconocen como un enfermo y eso es precisamente lo que querías. Como soy un enfermo provoco lástima y como esta enfermedad no se cura con una pastilla hay que aguantar. Voy a seguir bebiendo mientras me curo. ¡Qué barbaridad! Y entre tanto, tú has ganado ese tiempo. El que transcurre hasta que se vuelve otra vez al principio. Estoy donde estaba y la gente de mi alrededor intenta volver a poner en mi boca la palabra problema y proponer, ahora, que la solución no la tengo yo. Yo tengo el problema y la solución está fuera. Entonces entran en juego esas personas odiadas por ti, tus verdaderos enemigos, que se unen para ser más fuertes frente a ti. Aquellos que me quitan la venda que tan suavemente me habías colocado como a cada uno de nosotros. Entonces decido apartarme de ti.

Pero no, lo hago mal, porque dejo que seas tú la que realmente te apartas, en apariencia, para quedarte en la sombra, aumentar el deseo con la presencia distante y acercarte a mí con piel de cordero. Sabes bien lo que digo.

Tú me convenciste, era fácil. Lo que me hacía daño eran nuestros intensos encuentros diarios con tus galas de güisqui, pero nuestros informales encuentros, vestida de día, con tus conjuntos sport, los cerveceros, no eran dañinos y yo los controlaba a mi antojo.

¡Toma ya! Otra gran arma desplegada. Yo dejo de beber güisqui y paso a beber solamente cerveza. Y lo hago así porque yo te controlo a ti… ¡Eres un hacha!

Otra pena, ¿lo ves? Cuatro meses sin hablar contigo y conseguiste volver a mí con ese disfraz. Trece meses en total, hasta que no solo me creí tu mentira, eso de que te controlaba, sino que hice creerla a algunos más.

De nuevo habías ganado otra batalla. Llegó el día en que estaba justificado tomar una copa con uno de ellos, porque íbamos a asistir al momento en que Carlos comenzara una relación normal con la bebida, como tanta gente. Carlos iba a tomar una copa con unos de sus iguales, tan queridos por lo bien que nos entendíamos. Se trataba de un día de relajo, después de una comida playera en medio de unas agradables vacaciones. No había problema.

A solas, sin que nadie lo supiera, por la noche, tres días después de aquella copa, yo andaba pedo perdido por las calles, llorando por lo mal que me había tratado la vida. Iba a dejar a mi pareja y a los demás con la eterna culpa a la que tú y yo les habíamos abocado. Pero al menos tú, volvías a estar conmigo…

Estás enmohecida. ¡Cuántas víctimas dejas, nosotros y nuestros compañeros adictos a nosotros, cuánta generosidad derramada de la que te aprovechas! Pero los sentimientos crean moho dentro de cada cual, salvo si se comparten.

(Carlos había empezado a hablar entre lágrimas, y comienza a llorar, con las manos tapando su cara; es un breve instante tras el que se seca las lágrimas con las manos y después se levanta a buscar unas servilletas de una mesa contigua. El servilletero está vacío y decide ir al cuarto de aseo para limpiarse la cara. La copa de güisqui queda sola en un vagón que se oscurece y solo los focos sobre su mesa y sobre la barra permanecen encendidos.

Juan se apoya en la barra mirando la cerveza que ha dejado Elena y la habla.)

-Para besarme,
Para besarme mi amor se acercó
y desapareció su imagen,
en un cristal empañado se desvaneció
al acercarse a mis labios
justo después de besarte,
justo después de darte el sí.
Mis labios se abrochan al instante
ante su ausente boca.
Hasta pronto, ya es tarde.

(Ella asoma la cabeza por la puerta izquierda junto a la barra y le contesta.)

-Hasta pronto, no te quedarás nunca sin que te dé a probar ni uno solo de mis néctares apacibles y otros muchos jugos sabrosos que los acompañan, ya sabes, la envidia, el odio, la falta de responsabilidad. Me cuidaré de que bebas, de que no te falten mis besos.

La responsabilidad es mía, ya me dejaste ser yo la responsable de ti. No te hace falta autoestima, te basta y te sobra con la mía.

(Vuelve a desaparecer por la izquierda. Juan prosigue.)

- Yo no soy un sicario, es mi oficio y me gusta, ¡qué carallo! Yo no sigo los dictados de esa mujer, ¡no quiero seguirlos! Atiendo lo que piden los clientes, nada más...aunque es verdad, sé quien pide con voz propia y quien con voz ajena... Yo hoy, en realidad, solo quería decirle a Elena que me gustaría vivir mi vida con ella. Con ella a quien tan solo conozco de los trayectos en este tren cuando me llaman para hacer sustituciones. Con ella a quien conozco tan solo de verla aquí bebiendo siempre, creciendo su amargor de estación en estación.

(Elena asoma por la puerta junto a la barra y se tapa la boca con la mano mientras le escucha.)

- Sí, con ella... Yo no soy un sicario.

Solo quería decirle, pese a ser un atrevimiento loco, que quiero vivir mi vida con ella. Fuera de este vagón y de este tren.

(Elena se acerca desde la puerta, lo coge de la mano y se lo lleva hacia la puerta derecha atravesando el vagón mientras habla mirándole.)

-Ya no hay sitio para el error.
Refúgiate aquí, en el olvido.
Sí, ya sé, mañana será peor
pero hoy estamos vivos.

(Al pasar junto al vaso de la mesa de la derecha, lo miran.)

- ¿Qué me muera?
Muérete tú y así dejarás vivos.
Ya veremos qué hacer con nuestras vidas
desde la cercanía a tu olvido.

(Salen y Carlos vuelve a entrar por la misma puerta derecha secándose la cara con un pañuelo. Se sienta donde estaba bajo el foco encendido)

-Tú sabes que he descubierto que me hiciste olvidar el verdadero sabor de los besos, el sabor de los verdaderos besos. Tú sabes qué hiciste que transitara mucho tiempo sin reconocerlos. Tú sabes que olvidé cómo eran la pasión y el deseo que recorren mis médulas cuando alguien que siente lo mismo, acerca su cuerpo al mío. Sí, por supuesto eso también lo sabes. Tú me castraste. Mi polla quedó solo para mear lo que no querías que de ti me quedara.

Me fijo en cómo muestras tus encantos, como te adornas para cada cita y recuerdo la suavidad de tus caricias; cuando me vuelve a llegar tu aroma, como ahora, revivo la dulzura de cada beso tuyo, de cada uno de tantos que me dabas a lo largo de cada día; con tu perfume me llegan tantos recuerdos, tantas escenas...

(Un silencio y un suspiro.)

Después de hoy no pienso volver a dirigirte la palabra salvo en las ocasiones en que cuando te presentes como acostumbras a hacerlo, en vez de mirar a otro lado te mire a ti para decirte que me dejes en paz. Ten por seguro que no vas a tener de mi nada más.

Te dije que no te reconocía entonces como amante y sin embargo lo eras. Cómo iba a dar el amor que se debe a quien lo merecía, si lo tenías tú, si era en ti en quien pensaba desde que me levantaba...pero... ¡cómo se puede amar a la bebida, cielo santo!... Pues se puede... ¡ay!

(Carlos levanta el vaso de güisqui lentamente hacia su boca.
Separa hacia un lado la cara cerrando los ojos al recibir el olor que desprende. Vuelve a colocar la boca junto al vaso. Se muerde ligeramente los labios sin dejar de mirar

fijamente la superficie del líquido en el vaso, junto a su boca, bajo sus ojos. Vuelve a mordisquear sus labios y los humedece levemente con la punta de la lengua.
Inclina más el vaso hacia su boca y, finalmente lo vuelve a acercar a la nariz, olfatea y expele el aire inhalado con desagrado.)

- Apestas, como la carroña que produces.

Estaba seguro de que era necesario este encuentro a solas. Hacerte sentir lo que eres y la ruindad de aquello de lo que te vales para dominar. O al menos hacerme sentir que he intentado hacerte sentir eso, y contemplar tu desdén insolente e indolente y tu frío cotidiano al escucharme.

Imposible que sientas, ya lo sé. Una rata en las almas en ruinas, un balazo injustificado en el cerebro, un pie en el cuello del que se está ahogando, la piedra que cuelga de los tobillos del ahorcado, la inyección letal disfrazada de analgésico, la onda puesta en manos de un niño, el mordisco homicida del vampiro en el cuello de quien absurdamente le ama, el psiquiatra sordo, ignorante, recaudador y pastillero, el imprudente silencio de la gente cercana, el vano rubor a la verdad dicha a la cara, la vergüenza ajena disimulada.

No eres la única que ha abusado de mi debilidad, pero a nadie le he hecho nunca esto.

Y es que soy yo quien recuperó hace un tiempo los sentidos y no me he equivocado con esta cita: me he sentido tan bien como yo quería.

(Carlos se levanta tras dejar un billete sobre la mesa.)

- No lo vales, es por el agua y la propina.

(Carlos avanza hacia la salida izquierda del vagón junto a la barra y suena el teléfono móvil. Lo mira comprobando el origen de la llamada y descuelga.)

- Hola cielo, dime......Sí, vamos sin retraso en un ratito estoy allí...... Un beso.

(Al colgar, ella aparece por la puerta de la izquierda del vagón hacia la que se dirigía Carlos y tararea, burlona.)

-Tranquila mi vida, he roto con el pasado...He muerto y he resucitado, con mis cenizas un árbol he plantado...El sitio de mi recreo, mar, bandeja, mal infernal.

¡Cómo te gustan estas canciones!, ¿eh?

- ¡Sí, claro que sí, y cómo acabaron sus autores por culpa de ti y de tus colegas! Y tú, henchida. Gracias a Dios que no acepté las orgias contigo y tus amigos: juego, drogas y demás.

Sí, cómo acabasteis con esos grandes genios débiles ¡Hay que joderse!

Mírame, mírame coño sin sonrisas ladeadas y socarronas. Dime si en jaulas junto a las ventanas de tu casa tienes buitres. ¡Cuánta herida estéril sin más jugo que el que te sirve de alimento!

(Aparecen Andrés, Juan y Elena por las puertas del vagón por las que salieron.)

- *(Al unísono.)* Mírale a los ojos y respóndele. Míranos a todos, escoria. Y respóndele. Y dinos también algo nuevo a todos, si es que tienes algo nuevo que decir.

(Carlos sale del vagón por la izquierda tecleando en el móvil mientras pasa por su lado sin mirarla. Ella va acercando a cada uno una copa, traídas desde la barra, y hace una caricia también a cada uno. Se detiene, gira la cabeza y habla a Carlos, después a los demás y por último a Juan, el camarero.)

- ¿Le estás escribiendo que mañana nos volveremos a ver?

(Carcajada burlona de ella.)

- Espero que a vosotros se os pase en un rato la tontería. Y tú, querido camarero inútil, estás despedido, desde hoy nuestros encuentros los tendrás que pagar; los dos sabemos que lo vas a hacer encantado. Los otros gastos tendrán que esperar, ¿verdad bonito?

(A medida que las luces se van apagando ella va caminando hacia la puerta derecha haciendo los gestos cansinos de unos aplausos.)

- ¡Plas, plas, plas!

(Tararea las canciones anteriores y al llegar a la puerta se gira.)

- Mañana más, queridos. Que hoy habéis bebido demasiado y mal.

(Sale del vagón y el escenario se oscurece.)

VOZ EN OFF DEL PRICIPIO: Tras la ruptura volvió a ser muy parecido al de antes, no solo físicamente... sólo había cambiado el tamaño de su mochila personal. No la olvidaba nunca para ser siempre consciente de lo que pesa.

Ahora solo piensa en continuar igual mientras ella sigue dispuesta a que la situación se revierta.

VOZ EN OFF DE ELLA: Volveremos a encontrarnos.

VOZ EN OFF DE CARLOS: Seguro que sí.

- TELÓN -